Roedd hi'n ddiwrnod pwysig – diwrnod pen-blwydd Cyw.
Cododd Cyw yn gynnar iawn er mwyn deffro'r criw.

3

Ond roedd pob gwely'n wag. Roedd pawb wedi codi!
Mae'n rhaid eu bod nhw'n paratoi at y parti.

S4C Cyw

Pen-blwydd Hapus Cyw

Awdur: Anni Llŷn

Argraffiad cyntaf: 2018
© S4C 2018

Lluniau:
Bait a Debbie Thomas

Rhif llyfr rhyngwladol:
ISBN: 978 1 78461 580 2

Dymuna'r cyhoeddwr gydnabod cymorth ariannol
Cyngor Llyfrau Cymru a chydweithrediad S4C,
Boom Plant a Bait (Rhan o Boom Cymru).

Cyhoeddwyd ac argraffwyd yng Nghymru gan
Y Lolfa Cyf., Talybont, Ceredigion, SY24 5HE
e-bost: ylolfa@ylolfa.com
y we: www.ylolfa.com
ffôn: 01970 832304
ffacs: 01970 83278

Aeth Cyw i mewn i'r gegin. Oedd Llew yn coginio?
Dim sôn am Llew, felly aeth i'r lolfa i chwilio.

Oedd Jangl yn brysur yn paratoi'r gemau?
Dim sôn am Jangl chwaith. Ble oedd ei ffrindiau?

"Dyna od," meddyliodd Cyw, ac aeth i'r ardd i chwilio.
Ond roedd yr ardd yn wag. Ble oedd pawb yn cuddio?

Byddwn adre cyn bo hir. Mae pawb yn brysur, brysur.

Aeth yn ôl i'r gegin, ac ar y bwrdd roedd llythyr:
"Byddwn adre cyn bo hir. Mae pawb yn brysur, brysur."

Plwmp

Deryn

Llew

Jangl

Cyw

Bolgi

Roedd Cyw yn teimlo'n ddiflas. Doedd neb yno i ddathlu. Doedd dim amdani felly, ond mynd yn ôl i'r gwely.

Breuddwydiodd Cyw am barti mawr a chacen hardd,
a hi, a phawb o'i ffrindiau, yn dathlu yn yr ardd.

Ond yn sydyn, deffrodd Cyw. Roedd wedi clywed sŵn.
Aeth i'r ffenest – roedd Plwmp yn chwythu balŵn!

Roedd Jangl yno hefyd, ac anrhegion wedi'u lapio,
a Deryn yn brysur yn helpu ac addurno.

"Waw, am gacen enfawr!" Edrychai'n hardd a blasus,
ac arni'n dwt a lliwgar roedd y geiriau 'Pen-blwydd hapus!'

Aeth Cyw ar ei hunion ar frys i lawr y grisiau,
gan fethu aros i gael parti a dathlu gyda'i ffrindiau.

Cyn mynd i'r ardd aeth Cyw i sbecian eto.
Roedd Llew a Bolgi wrth y bwrdd – roedd mynydd o fwyd arno!

Agorodd Cyw y drws gan ddychryn pawb o'i ffrindiau.
Doedd neb yn disgwyl iddi ddeffro am oriau ac oriau.

Dim ots, roedd Cyw yn falch o'u gweld nhw i gyd.
Dechreuodd y dathlu ar unwaith. Y parti gorau yn y byd.

Daeth mwy o'i ffrindiau heibio. Roedd yr ardd bron yn llawn, a phawb yn edrych ymlaen i ddawnsio drwy'r prynhawn.

Eisteddodd pawb mewn cylch i chwarae 'Pasio'r Parsel'.
Pa un o'r ffrindiau fydd yn ennill y pecyn bach dirgel?

1..2..3..

Daeth hi'n amser chwarae cuddio. Wel, dyna hwyl a sbri!
Cyw yn cau ei llygaid ac yn cyfri 1, 2, 3.

Yna, daeth amser bwyta – brechdanau caws a ham,
selsig bach a chreision, a bisgedi jam.

Hufen iâ a jeli, a ffrwythau o bob lliw.
Prynhawn bendigedig i ddathlu pen-blwydd Cyw.

O'r diwedd, daeth pawb at ei gilydd i ganu,
a thorri'r gacen enfawr er mwyn i Cyw ei rhannu.

Dyna ddiwrnod penigamp! Mae Cyw flwyddyn yn hŷn.
Diwrnod gwych o ddathlu yn y parti gorau un.